NOCAUTES NO PRIMEIRO ROUND

DAVID BENINCÁ

CRÔNICAS

mapa.lab

RIO DE JANEIRO 2019

PRODUÇÃO EDITORIAL
mapa lab

REVISÃO
Aline Canejo

CAPA, PROJETO GRÁFICO E DIAGRAMAÇÃO
Adriana Cataldo | Cataldo Design

ILUSTRAÇÃO CAPA
Shutterstock

ILUSTRAÇÃO DA P. 6
Arnaldo Branco

IMPRESSÃO E ACABAMENTO
Grafitto Gráfica

Dados internacionais de catalogação na publicação (CIP)

B467n
Benincá, David.

Nocautes no primeiro round : crônicas / David Benincá. – Rio de Janeiro : Memória Visual, 2019.
93 p. ; 21 cm.

ISBN 978-85-7327-007-5

1. Crônicas brasileiras I. Título.

CDD B869.8
CDU 821.134.3(81)-32

Bibliotecária: Ana Paula Oliveira Jacques / CRB-7 6963

mapa.lab

contato@mapalab.com.br | www.mapalab.com.br
/amapalab @amapalab

AQUI TUDO SE REPETE

SUMÁRIO

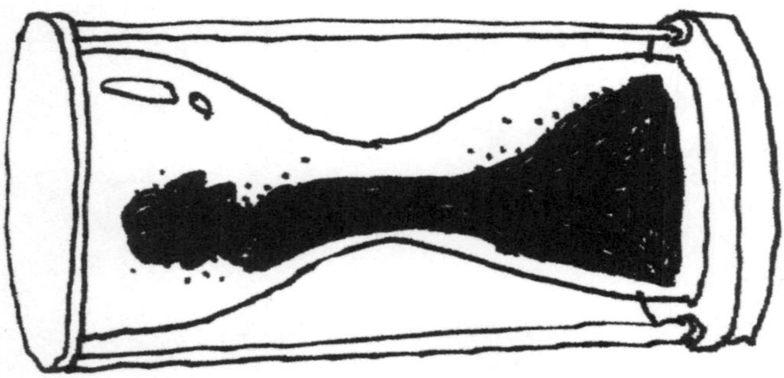

ARNALDO
BRANCO

PRÓLOGO

Você é a pessoa mais mentirosa que existe, ele me disse.

EU DEVERIA DANÇAR, PORQUE NÃO SEI CONTAR ESTRELAS

ALÔ, ALGUÉM?

Dentro de mim é um sistema tão complexo que parece que, no lugar de pulmões, rins, fígado, estômago etc., tem cinco ou seis corações e cérebros, e é difícil ter tantos corações e cérebros assim. É que dentro de mim tem uma bola de fogo de palavras (como os gatos que têm aquelas bolas de pelos), mais ou menos 10 mil páginas tão dispersas e perigosas que, quando toco, elas me queimam a mão.

Eu não queria me superestimar, mas tem dentro de mim todos os acordes de guitarras que já soaram em todos os planetas em que se toca guitarra, e também nos planetas que serão descobertos por aquele novo telescópio da Nasa que vai pro espaço em 2018, ou depois.

Talvez o plano de Nova York seja só mais uma ilusão, eu sei. As ruas escritas por Dylan ou Patti ou qualquer *beat* não são mais as mesmas. Nem a Nossa Senhora de Copacabana é mais a mesma desde todas aquelas horas que desperdicei em 2004 andando do número 1 ao 1.000 todos os dias – só porque queria escrever uma ou duas poesias. Eu era tão novo e achava que a vida ia do número 1 ao 1.000 da Nossa Senhora de Copacabana, mas a fossa, por exemplo, ela vai do número 1 ao 1 milhão. É só você dar corda, Alguém.

É. Lá se foram 12 anos. Lá se foi muita coisa. Muita bunda caiu e muita pele também. E dentro de mim cresce essa bola de fogo de palavras que não consigo tocar. Imensa, a bola, e eu não consigo dormir enquanto não cato uma por uma as palavras e coloco todas elas uma atrás da outra. Eu deveria dançar, porque não sei contar estrelas. Eu deveria dormir, porque não sei contar estrelas. Eu deveria, mas eu preciso colocar as palavras uma atrás da outra, Alguém.

Te contei que vi no lixo externo daquela padaria chique de Botafogo quilos e mais quilos de pão? Pois é, eu vi. O problema do mundo são os pães jogados no lixo, eu também acho. Eu te contei mais cedo que tem uma bola de fogo de palavras dentro de mim, né? Alô? Alguém? Dormiu?

EXISTIR É UMA ESQUINA

Se conquistei alguma coisa na vida, foi o direito a uma cama de casal e a dormir sozinho nela. Sabe, deitar esticado para todos os lados, feito o Homem Vitruviano, de Da Vinci. Em que será que Da Vinci estava pensando quando desenhou esse homem? Ele estava pensando em formas, em geometrias, em físicas ou em solidão? Não que importe; era apenas um exemplo.

Nunca lidei bem com o fato de ser uma pessoa comum, que sente as coisas como uma pessoa comum, que sofre como uma pessoa comum, que reclama como uma pessoa comum, e acabei fazendo todo tipo de coisa pra ser uma pessoa especial, o que não consegui. Meu ouvido não é absoluto e meu coração é só um coração com a artéria aorta no lugar onde deve estar uma artéria aorta, mas conquistei uma cama de casal – e o direito de dormir sozinho nela.

Preciso pegar um voo logo cedo pra São Paulo. Não posso divagar demais sobre essa coisa de cama, de normalidade, de física quântica ou seja lá o que for. Dizem os especialistas em sono que não se deve levar problemas pra cama, mas, se não posso levar os problemas pra cama, o que mais me resta?

Chego a São Paulo e vou direto pra Liberdade – não o substantivo feminino abstrato, mas o bairro. Quando eu era criança, minha mãe costumava me ensinar português com metodologia de mãe, embora fosse professora de português. Ela dizia que o substantivo é aquilo que se pode nominar, e que ele seria concreto caso você pudesse pegar. Sabendo disso, criei uma brincadeira que consistia em olhar pra primeira coisa que aparecesse e julgá-la concreta ou abstrata. Até o dia em que me ocorreu pensar em Deus e, claro, classificá-lo enquanto substantivo concreto ou abstrato. Passei horas refletindo e, baseado na gramática, cheguei à conclusão de que Deus não existia. Cheguei a me culpar por isso, mas julguei que a culpa não era minha, mas da gramática ou de quem a inventou.

Voltando à Liberdade, sentei-me num restaurante japonês de paredes extremamente verdes e sem nenhuma personalidade, pedi lámen com caldo de peixe, guioza de carne de porco e cerveja Kirin. O frio que fazia lá fora foi estancado pela alta temperatura da sopa, e eu estava feliz, pertencendo à vida.

Quando eu era criança, a gente costumava viajar. Diz meu pai que não importava a cidade em que estivéssemos, eu sempre implorava para que mudássemos pra lá. Não sei ao certo o que me passava, se uma eterna inquietação ou uma eterna necessidade de fuga.

Depois de adulto tudo fez sentido, e me dói muito que eu não seja três pessoas: uma em Copacabana, outra na Liberdade e a última em San Telmo. Eu gosto das ruas. Das esquinas. Do cortante frio que faz agora na esquina da Pompeia com a Tavares Bastos, onde piso sozinho e em sonhos que porventura terei sem lembrar direito de todos os lugares por onde passei.

TANTO TEMPO d.C

Quando você pisa na rua, e anda, você é uma história cruzando com centenas de outras histórias do mundo: a fome e o coração partido; a alegria e a bomba que explodiu no Irã jogando estilhaços além do continente; o câncer em estágio avançado e o menino que passou no vestibular. Quando você pisa na rua, e anda, todas as histórias do mundo estão esparramadas no chão.

A VIDA DE
ALGUÉM
É SEMPRE
URGENTE

ENSAIO PARA A VIDA QUE VEM

Acordei e fui colocar a água pra ferver, passar o café. Algumas mordidas num *croissant* salgado, caneca cheia, e segui pra enorme janela de casa, janela que finjo ser uma sacada com vista para uma rua bem estreita e antiga chamada Montcada, em Barcelona. Vejo as pessoas que passam aos montes, todas elas sem nenhuma certeza no olhar ou no ritmo das pernas. Escrevo no ar "é que a vida não é tão sólida quanto um paquiderme, *dear* David", e me lembro de que perdi a força nas mãos; que, além de não salvar o mundo todos os dias de manhã, talvez nunca mais escreva o romance que já tem nome, sobrenome e nenhuma história que o sustente.

A caneca cheia é sempre um pretexto para deixar qualquer coisa pra depois; o cigarro recém-aceso é sempre um pretexto para deixar qualquer coisa pra depois; a chuva que cai é sempre um pretexto para deixar qualquer coisa pra depois. Café, cigarro e chuva terminam ao mesmo tempo, sou obrigado a enxergar o depois como agora e tomo rumo. Escolho o melhor casaco, calço meu par de botas e tomo a rua Montcada como se Copacabana não fosse o bastante.

Na minha esquina, mora um homem corcunda, quase um U; na outra esquina, um homem manco, quase aleijado. Me dói que a rua seja a casa de alguém e penso que, se Deus existisse, ele não permitiria que pessoas morassem nas ruas. A gente precisa da rua como os pássaros precisam do céu, mas o limite é a noite, mais precisamente tarde da noite, quando todos os anjos e santos estão recolhidos no infinito. É bem verdade que talvez Deus exista no Japão e é bem verdade que talvez Deus não exista no Suriname ou nas esquinas de Copacabana.

As vitrines das lojas anunciam o inverno, antecipam o frio e as dívidas no cartão de crédito. Os manequins estão sempre em boa forma: não bebem, não fumam, não morrem e, assim como os montes de pessoas que circulam na manhã, também não carregam nenhuma certeza no olhar. Escrevo no ar "é que a vida não é tão sólida quanto um paquiderme, *dear* David", e me lembro de que perdi a força nas mãos.

Fico horas sentado no ponto de ônibus esperando o próximo ônibus para o carnaval – mas ele só passa uma vez por ano, diz a senhora ao lado – e pro carnaval falta muito tempo, complementa a senhora ao lado. Agradeço e sigo a pé, tenho tempo e coisas a fazer no meio do caminho.

Enquanto ando, tento buscar cenas da minha infância, mas todas elas desapareceram das gavetas cerebrais. Sinto como se minhas lembranças fossem qualquer coisa sem propósito, descartáveis, sendo substituídas todos os dias por novas lembranças e impressões, um refil de lembranças no lugar do cerebelo. Passa uma ambulância com sirenes insanas anunciando que a vida de alguém é urgente. A vida de alguém é sempre urgente. Escrevo no ar "é que a vida não é tão sólida quanto um paquiderme, *dear* David", me lembro de que perdi a força nas mãos e, como um raio que cai na cabeça, me lembro de que toda vida tive muito medo de areia movediça, mas movediça mesmo é a vida, *dear* David.

EM TODA
GENTE FALTA
UMA PARTE
DO QUE
PRECISO

TALVEZ É PODEROSO

A verdade é que tudo passa. O que não passa, o tempo amassa feito batatas, e qualquer dor ou saudade vira um purê. De tudo que existe, nenhuma coisa fica, nenhuma. Outro dia eu disse que dia desses minha avó morreu, mas dias depois descobri que já tinha mais de ano, mais de dois. Os mortos viajam na velocidade da luz, e a essa hora estão tão longe que não importa mais doer de saudade. A vida não é tão curta assim, mas a juventude sim, e por isso toda essa sede. Talvez por isso eu não devesse me importar tanto assim com meu rosto. Eu não gosto dele, mas é que as linhas que se projetam quando eu sorrio são muitas, e verticais. Ademais, o mundo tem problemas muito maiores que meu nariz. E tem as escolhas... Escolhe isso, escolhe aquilo; depois não volta mais. Não fossem os professores uns sujeitos que negligenciam os que não sabem química ou matemática, eu poderia ter sido um corredor olímpico de 100 ou 200 metros rasos. Voava com minhas pernas magras e compridas e, além do mais, tenho passos largos e leves que cravam no chão quando pousam. Aprender se aprende de toda forma, eu mesmo nunca aprendi nada sentado numa carteira de escola, de faculdade, de palestra, de coisa nenhuma. Aprendi andando e olhando e sentindo os cheiros que eu sentia – e me preocupa que eu não sinta mais os cheiros como antes. Uma vez minha mãe reformou o banheiro de casa. Do mármore marrom a uma falsa madeira branca. Era insuportável viver num banheiro branco: ao mínimo descuido, tudo era cabelo, ou marca de molhado e sujo no chão. Soube ali que jamais faria um banheiro branco se um dia construísse uma casa, mas nunca construí uma casa. Faz pouco tempo e escrevi uma canção. Ela dizia: "cola tua dor no meu amor e não me diz que não tem jeito, que o que não passa o tempo gasta, o tempo gasta, o tempo gasta e deixa tudo tão melhor", mas eu não sei cantar. Olhando daqui, parece mesmo que a órbita dos planetas se alterou, as coisas não estão muito aí pra gente, nem a gente tá muito aí pras coisas. Mas tem a lua, e talvez seja o caso de parar e olhar pra lua, ou pra qualquer coisa que explode no céu e só existe anos e anos depois. Pensando comigo, talvez eu viva sozinho pra sempre, porque em toda gente falta uma parte do que preciso, e em mim faltam todas. Talvez é poderoso, mas não é inteiro.

BALEIAS E PIANOS

O que me deixa triste é que não seja tão habitual assim ver pianos sendo subidos pro alto de prédios por meio de cordas e andaimes. Eu passei muito tempo na janela e nunca vi um piano sendo subido pro alto de um prédio, assim como nunca vi baleias nadando perto da beira da praia onde me sento. Me lembro de uma tarde em que passei nas Pedras do Arpoador, horas e horas olhando pro mar imenso e esperando que saltassem uma ou duas ou muitas baleias. Mas não saltavam baleias por ali, disse alguém sem eu sequer ter perguntado. Isso era só uma vontade de quem podia perder tempo querendo qualquer coisa que não seria possível ter. Fui embora e, quando cheguei em casa, disseram no jornal que por volta das sete e pouco da noite muitas baleias dançavam à beira da pedra. Baleias e pianos me parecem sempre fantasias. Talvez a minha realidade não tenha espaço para baleias e pianos. Desde que se tem notícia, o sol nasce e se põe naquela pedra, mas não se tem notícias de baleias assim fechando o dia como se fossem astros, nem de pianos subindo prédios. A bem da verdade, também nunca vi pianos sendo descidos de prédios por meio de cordas e andaimes, e acho que nem queria – talvez fosse triste, porque, quando um piano vai embora, tenho a impressão de que o velho e triste dono do piano morreu.

EU MORRI

Gabar-se da palavra saudade é inútil. Não há semântica no mundo que resolva um buraco no peito.

OLHAR PRO HORIZONTE SENTADO EM ALGUM LUGAR

A verdade sobre o tempo não é que ele coloque as coisas no lugar. A verdade sobre o tempo é que ele desloca mais ainda as coisas do lugar. Várias placas de gelo se perdendo oceano adentro pra nunca mais se juntarem.

Agora mesmo virou outono, e os problemas do verão ainda não estavam resolvidos. A dor de cotovelo e a excessiva queda de cabelo, por exemplo, elas não estavam resolvidas. É... São tempos de queda de cabelo, e as pessoas preocupadas com a cotação do dólar.

A mim, não me importa nada senão olhar o horizonte sentado em algum lugar, olhando as placas de gelo se perdendo oceano adentro. Não há muito segredo em se olhar pro horizonte sentado em algum lugar: você precisa de uma bunda, uma plataforma firme em que possa sentar a bunda e os olhos. Em caso de ausência de olhos, também não tem problema, porque também se enxerga de outras maneiras.

O horizonte é toda coisa que se pode divisar lá ao final do alcance dos olhos. Aquele fim de tudo que são nuvens, ou céu, ou oceano: é lá o horizonte. Não tem nenhuma linha ou marcação específica ou aviso dizendo "aqui começa o horizonte", mas, ao encontrá-lo, você saberá que encontrou.

Uma vez encontrado o horizonte, atente para as placas de gelo deslocadas. As placas são os seus pedaços; o horizonte, sua vida, e não há nada que se possa fazer a não ser viver catando os pedaços – antes que acabe o outono também.

SUBINDO 38 ANDARES SOZINHO NO ELEVADOR

Tá um tempo estranho lá fora. É, tá um tempo estranho lá fora. As pessoas estão furiosas lá fora. É, as pessoas estão furiosas lá fora. Fui comprar umas coisas necessárias ontem, mas desisti de algumas; tá tudo caro lá fora. É, tá tudo caro lá fora. Tá estranho o tempo lá fora, não pelo *fog* londrino que aportou na primavera carioca, mas na cara das pessoas não faz um bom tempo. É, não tá assim tão boa a cara das pessoas. Você viu que Aurélio comprou um carro novo? Eu vi que Aurélio comprou um carro novo. Sabe, nunca fui com a cara de Aurélio, nem com o nome, eles não combinam, o Aurélio e o nome, deve ser a idade, ele é novo demais pra carregar esse nome. É, eles não combinam mesmo; o Aurélio e o nome, deve ser a idade, ou outra coisa que não a idade. Aurélio é um nome forte. Lembra de quando eu era criança e costumava afundar na banheira e ficar contando quanto tempo aguentava vivo? Uma duas três vezes seguidas, ou mais? É, eu lembro que você tinha essa mania de afundar na banheira e ficar resistindo quanto tempo aguentasse. Era uma metáfora. É, era uma metáfora. Percebi ali que você não usou o trema em aguentasse. É, não usei o trema em aguentasse, já não uso tem mais de uma década. Teve uma vez em que aguentei um minuto e trinta segundos debaixo d'água na banheira sem me debater, ali, sereno, afundado na água morna. É, eu me lembro, era uma metáfora. Se as pessoasseres-humanos não tivessem inventado o túnel e a luz, não faria nenhum sentido a expressão "uma luz no fim do túnel", né? É, não faria sentido porque não haveria nem luz, nem túnel, nem problemas maiores do que os problemas comuns que Deus inventou. Eu tô tranquilo por ora. É, você tá tranquilo por ora. Mas faz um tempo estranho lá fora. Estou procurando apartamento pra morar, mas tem que ter banheira. É, mas você não cabe mais em banheiras, nem em metáforas. Não caibo? Não. O que aconteceu? O tempo. Como? Passou.

FAREWELL, MY LOVE

Eu tenho 30 anos desde aquele 10 de outubro estourando em forma de onda no mar revolto de Copacabana, e desde aquele dia o mar nunca mais foi o mesmo. Os santos, os reis, os jogadores, os impostores, os viciados, os tristes, os felizes, os ricos, os pobres, todos eles nunca mais foram os mesmos, mas seguiram em festa por ocasião da continuidade do mundo. A pequena ponte atravessada entre os calendários passado e futuro. Dezembro e janeiro. E nada, nada mudou – a despeito dos fogos, dos estouros e dos champanhes. Eu, você e toda gente que seguiu viva para ouvir que *mistérios sempre há de pintar por aí*. Aquela música do Gil cantada pela-Gal-pela-Bethânia arrepia qualquer ser vivo, incluindo peixes ou leões ou elefantes ou insensíveis, todos em choque.

Se as rosas murchas tornam-se incríveis botões vermelhos com a leve chuva. Se os girassóis estão mesmo girando de acordo com a posição do sol. Se as acerolas nasceram de um dia pro outro no pé de acerolas, tudo isso não importa. Eu e você, conjugados juntos na cama fria de julho de dois mil e pouco, a gente segue sendo impossível, e as ondas continuarão a estourar em Copacabana com a força que quiserem. E se você quer mesmo saber, serei eternamente ingrato a você. Se você quer mesmo saber, sigo sendo o mais comum dos homens que dormem e acordam.

Olha, é óbvio que, quando me perguntam a cor do meu olho, eu não digo que sou gene recessivo pra olho. Olha, é óbvio que, se me perguntam o que faço para comer e beber, eu não respondo que escrevo crônicas. Olha, é óbvio que não me orgulho das minhas veias safenas magnas expostas dessa maneira em minhas pernas. Não mesmo. Mas um dia, quem sabe, elas estarão ali imensas para substituírem qualquer veia que porventura exploda em meu coração.

NUNCA ESCREVI UMA CRÔNICA

A crônica, ela deveria começar na pedra do Leme... Mas, não, eu não vou começar a crônica dizendo que, daqui da pedra do Leme, o mar é infinito e as bundas também.

A crônica, ela deveria começar lá no topo do Pão de Açúcar... Mas, não, eu não vou começar a crônica dizendo que, daqui do topo do Pão de Açúcar, eu vejo escrito lá embaixo RIO DE JANEIRO.

A crônica, ela deveria começar na esquina da rua Rodrigo Silva com a São José... Mas, não, eu não vou começar a crônica dizendo que nesta esquina sinto o cheiro dos executivos, putas, retirantes e toda sorte de gente que aqui passou e comeu e dormiu desde o primeiro dia do universo.

A crônica, ela deveria começar em qualquer lugar de Copacabana... Mas, não, eu não vou começar a crônica dizendo que o amarelo turvo dos prédios velhos me deixa mole no tempo e no espaço.

A crônica, quando continuasse, ela passaria por algum lugar remoto da minha lembrança. A crônica, quando ela continuasse, ela fingiria que um dia foi feliz, e jovem, e amou alguém escondido dos pais (mesmo que tudo isso seja conversa fiada). A crônica, quando ela continuasse, ela teria, assim, além do início, o meio e o fim.

Mas eu... Eu não sou cronista, eu apenas deliro enquanto durmo no calor. Por mim, comprava um ar-condicionado, e até tenho dinheiro. O que me falta é o buraco.

OU SE

ESPIRRA,

OU SE ACERTA

UM ALVO

PENSAR ANTES DE DORMIR

O tiro letal disparado à maior distância do alvo foi feito a aproximadamente 2.450 metros. Mais ou menos 8 mil pés. Vinte campos de futebol...

Quando vamos disparar tiros de longa distância, tudo joga contra: o vento, a gravidade, o calor, a altitude, a vontade de mijar e... E tem mais: não se pode espirrar quando se pretende disparar um tiro de rifle ou um tiro seja lá com que arma for.

Se vasculharmos os papéis históricos mundiais, todo e qualquer documento bélico oficial, ou amador, não encontraremos registro de um tiro acertado concomitante ao espirro. Ou se espirra, ou se acerta um alvo. Uma coisa é o band-aid na ferida do dedinho cortado lavando a louça suja; outra coisa é um projétil certeiro na testa alheia no meio do deserto afegão.

Eu não queria ter nascido. Das probabilidades de todas as coisas, essa não é nem de longe uma das mais fáceis. Quero dizer, a probabilidade de você ser você. Qualquer sopro tedioso do mundo e você não seria você, bem como não seria nenhuma outra coisa: você simplesmente não aconteceria. Acertar a alma no corpo no exato momento em que o vazio irrompe é a sorte grande do resto de sua vida; talvez a única que terá dali em diante. Por sorte, entenda "acaso, probabilidade, eventos", e não o antônimo de azar. Quem quer a sorte de ser a primeira pessoa do singular, quando não existe nem Deus nem presidente, e qualquer parede é passível de infiltração? Falhamos...

A natureza é a natureza a despeito dos brasileiros, norte-americanos, dos australianos, dos chineses, e todos nós morreremos antes da última arvore da Terra cair de sede.

Me lembro de uma vida passada quando fui sólido. Tão sólido quanto uma pedra de ouro, convicto de cada uma das linhas que percorria a passadas largas, fiéis e frias. Na vida seguinte, fui tolo e maleável feito esponja amarela e verde de pia.

MÉTODOS PRECISOS PARA CONHECER SUA FUTURA CASA

Quando chegar ao prédio, olhe em volta. Inspire, expire, depois entre. Fique atento a toda coisa: a portaria e seu tapete, o porteiro e seu bigode, o elevador e sua fila.

Suba de elevador, mas, ao chegar ao andar, desça e suba de escada; você precisa conhecer os degraus da sua escada para casos de falta de luz, ou de paciência. Ouça os barulhos e sinta os cheiros, pois eles vão te perseguir durante longos anos de contrato.

Descubra tua porta e reflita: será que passa uma cama imensa? E um piano? Mesmo que você não tenha uma cama imensa ou um piano, talvez um dia você venha a ter.

Vá ao centro da sala e deite no chão. Você vai deitar muitas vezes no centro da sala, o umbigo do seu universo. Já deitado, analise o teto. Ele não pode ter manchas, ou vai ser pior quando você estiver bêbado e tudo estiver rodando.

Levante e vá até a cozinha. É possível cozinhar na cozinha? Cabe um fogão de quatro bocas e uma geladeira na cozinha? Sobra espaço pra pessoa que te faz companhia na cozinha?

Agora, procure a janela. Ela é o lugar mais importante da casa. A vida não é o que acontece dentro do apartamento, mas o que você vê através das janelas antes de tomar a rua. Olhe tudo: evite fundos.

Siga para o banheiro. Ele precisa aparentar limpeza mesmo que esteja sujo. Olhe-se no espelho, veja o tamanho da pia e cheque a pressão da água. Entre no boxe, veja se você cabe no boxe, faça movimentos como aqueles de seu banho no boxe. Do banho, você vai pro quarto. O quarto só precisa caber sua cama média e ter espaço para quando tiver uma cama imensa.

É bem possível que sua futura casa seja reprovada. Os apartamentos são todos péssimos. Ou, pelo menos, os apartamentos que você pode pagar.

Agora, consiga um fiador.

PREFIRO ASSIM, SÓ

Olá. Olá. Tudo bem? Tudo bem, e você? Bem, assim, não sei. Não sabe? Você não acha estranho que a gente sempre responda que está bem por mera formalidade? Sim, muito! E você já percebeu que quando a pessoa diz que não está bem, a outra pessoa não sabe o que fazer por que o protocolo foi quebrado? Sim, muito! Nossa. Nossa! Que foi? Nada. Diz! Não... Não? Engraçado você falar isso. Por quê? Ah, porque adorei seu cabelo de menino inglês. E eu adorei sua cara de menina-encrenca. Jura? Juro. Jura mesmo? Não. Por quê? Não gosto de jurar, porque não sei cumprir. Não? Não, nunca. Que incrível! Jura? Não sei se juro depois do que você me disse, acho que também não sei cumprir. Hum... Mas devia. Devia... Devia? Devia. Samba ou tango? Tango. E você? Também. Ótimo. Sim! Tava pensando e ontem falei com uma menina "nossa, você é um tesão". E sabe o que ela me respondeu? Diz... Gratidão. Mentira, jura? Juro. Mas você disse que não jurava nada. Mas isso eu juro, porque é diferente de prometer. Que coisa, né? Sim! Que coisa. Gratidão? É... Imagina. Pois é. Às vezes, eu queria ser quem passa nessa calçada. Por quê? Só pra me ver aqui sentado com você. Sabia que já te vi nessa calçada, enquanto eu passava, e achava bonito isso? Mentira! Juro! Jura? Hum... A gente se deu muito bem, não acha? Deu? Deu. Jura? Não juro nada. Mas quem é que tá falando agora, eu ou você? Como assim? É que esquecemos os travessões, e me perdi. Ai, eu também. Me beija.

TANTO FAZ

Esta semana, eu ia escrever um e-mail cheio de saudade, com tantos *ois* quanto coubessem *ois* no corpo do e-mail, porque sinto saudades de dizer *oi* pra essa pessoa que há tantos *ois* não existe mais, mas.

Esta semana, eu talvez não me esquecesse de novo do aniversário de minha mãe, que mora longe de mim, mas.

Esta semana, eu ia sair e jantar e colocar a vida em dia com uma amiga que não estou em dia, mas.

Esta semana, eu ia começar de novo aquele livro pra esta semana finalmente terminar pela primeira vez aquele livro, mas.

Esta semana, eu ia fazer aqueles bolinhos de bacalhau que aprendi a receita e me prometi me dar de presente, mas.

Esta semana, eu queria te amar, afundar a cara na tua bunda, me cobrir com seu cabelo e talvez nem acordar, mas.

Esta semana, eu talvez calasse a boca de um jeito que nunca calei, como se a tivesse costurado, e seguiria em silêncio por tantos dias quanto conseguisse, mas.

Esta semana, eu ia procurar o tempo que perdi enquanto estive distraído achando que estava vivendo, mas.

Esta semana, mais uma vez, tanto faz.

NÃO SONHEI COM VOCÊ ONTEM

Você sabe, sonhos têm dessas coisas.

Sonhei que a gente se encontrava em mil novecentos e dois mil e dezessete, e lá as coisas não eram tão futuro assim, a não ser quando eu olhava pra você, e você olhava pra mim.

A gente se deitava numa cama quadrada e conversava por 428 dias e noites e sóis e chuvas sem parar. Toda coisa vinha: falas suas e minhas, misturadas e sobrepostas em linhas, formavam capítulos inteiros de uma vida que não existia.

Tudo ia bem. Na minha vida, não acontecia nada – nem na sua também. Somos apenas seres humanos normais, desses tipos que tanto faz, que não interessam às capas de revistas nem aos cadernos de jornais.

Você sabe, sonhos têm dessas coisas: não fazem o menor sentido. A bem da verdade, nem sei se sonhei tudo isso que te digo, ou se era outra coisa, ou coisa nenhuma. De repente, tudo era uma imensa sala branca, e eu estava sentado na cadeira do analista: "senhor, é que eu tenho uma filosofia de vida chamada *tapete gigante*, e nessa filosofia a gente vai jogando tudo o que é coisa debaixo do tapete, que é gigante, e que tudo esconde... Senhor, o que mais me incomoda é o meu nariz, e o que mais gosto é a minha voz". Ele ficava em silêncio 7 horas e, finalmente, dizia que havia acabado a sessão e que realmente o meu nariz era de se incomodar, e a minha voz de se gostar.

MEIA-NOITE

Sentei no trem do metrô absolutamente vazio, privilégio dos que voltam tarde pra casa. Duas ou três estações depois, e um homem sentou ao meu lado. Ele exalava calor, tanto calor que eu podia sentir. Mais uma qualidade de homem que não carrego comigo: eu não exalo calor, igual não exalo cheiro.

Antes do homem-calor sentar-se a meu lado, eu pensava no homem cego que vi mais cedo no trem de ida. Toda vez que vejo um cego, eu olho pro céu e me desentendo com Deus, ou seja lá quem for o responsável por tamanha insensatez. Chega me doer que ao cego não seja possível ver as cores, e principalemente as capas de discos.

Acordei meio fraco, meio nauseado. Não me lembrava da imensa dose de remédio que tomara pouco antes do avião decolar. Não tenho paciência pro tempo parado, embora adore perdê-lo. Acordei em Londres e mal conseguia me levantar da cadeira dura do avião. Precisava passar pela imigração, convencê-los de que merecia entrar no país. Sentei num canto e esperei a ressaca passar. A mulher da imigração me perguntou sobre o que eu pretendia fazer ali, e respondi que vinha visitar capas de discos de rock. "The Abbey Road", dos Beatles; "Animals", do Pink Floyd; "The rise and fall of Ziggy Stardust", do David Bowie, e a verdade é que a verdade idiota convence tanto quanto uma boa mentira. *Welcome to London and, please, don't freeze*, disse a agente federal. São

Paulo, Londres, Rio de Janeiro, Amsterdã, Buenos Aires, Londres, Frankfurt, Santiago e a coisa toda, eu estive lá, sozinho, comendo o pão duro que o frio faz, mas vi muitas capas de discos e ruas que escritores escreveram ou caíram de bêbados. Quando procuramos sentidos nesses símbolos, na verdade, não encontramos nada: é igual tentar matar saudade com um abraço.

O trem chegou à minha estação e me levantei. A nuvem de calor ficou pra trás; ela realmente pairava ao redor do homem. Segui meu rumo, magro, são, e enxergando o mundo todo. Fazia uma noite bonita. A lua crescente gritava no céu e uma luz difusa pairava na Terra. Tenho vivido lá e cá, ponte aérea, etc., mas, se um dia perguntarem de onde venho, digam que venho de Copacabana.

AS PESSOAS
SÃO O CAMINHO,
NÃO SÃO
O DESTINO

SE PERGUNTAREM POR MIM

Eu ando bastante descrente do mundo. Eu ando tão descrente do mundo quanto quando estive descrente em Deus aos 15 anos de idade. Eu olho em volta e penso "lamento, amores, mas a culpa é nossa".

Sigo dormindo e sigo acordando todos os dias há mais de três décadas, e boa parte do tempo eu faço um imenso faz de conta. Um auto faz de conta que torna tudo um pouco menos medíocre. A vida, eu quero dizer. A vida é tudo, e ela está dentro do tempo. O tempo é pouco, mas suficiente pra ser mais do que entediante. Imagino coisas: imagens e cores e vidas. Às vezes sou Travis Bickle percorrendo Nova York de madrugada. É, confesso, se pudesse ser alguém, seria Travis em seu táxi percorrendo Nova York. A noite, as ruas, os traumas. O tempo é pouco e preciso me valer dele para errar. Há tempo de sobra pra se arrepender. Sou só um cronista e tudo seria bem pior se eu continuasse lá de onde vim. Ouve só, as pessoas são o caminho, não são o destino. *You talkin' to me? Huh? You talkin' to me?* As pessoas são o caminho, não são o destino.

Não é que eu seja um pessimista, ou niilista, ou cético ou algo assim, mas é que sou contraditório, ambíguo e redundante.

Dou voltas para não dizer que fui embora de Copacabana. Ai, Copacabana... Eu tenho uma sensação ingênua (nossa, mas muito ingênua) de que Copacabana precisa de mim (e me quer de volta) para que se saiba de Copacabana através do meu ponto de vida. O amor tem sempre esse quê de ingenuidade mesmo. Existe um mundo inteiro dentro desse mundo Copacabana. Os velhos e os novos. As putas e as santas. Isso sem contar os peixes, os polvos, os ouriços e os seres mais abaixo dos peixes, dos polvos e dos ouriços. Existe um mundo inteiro dentro desse pedaço de mundo Copacabana, mas eu não existo mais lá. Não adianta fazer toda força do mundo para ficar parado. Seguimos. Dou voltas para não falar de Copacabana e de minha partida. Falo do que não quero para evitar o que efetivamente importa. Para Freud, eu sou tão óbvio quanto a razão da fome na África.

RESUMO DA ÓPERA

Na escola eu aprendi que a menor distância entre dois pontos é uma reta. Na vida eu aprendi que a maior distância entre dois pontos sou eu e as certezas.

ACHEI QUE CANSEI, MAS CHEGUEI ANTEONTEM

Chega uma hora em que é tarde demais. Tarde demais pra desperdiçar o tempo com uma paixão mais ou menos. Tarde demais pra desperdiçar minhas poucas calorias numa esteira de academia. Tarde demais pra desperdiçar minhas palavras com assuntos que não apetecem a minha língua. Esse rock, eu queria ouvir sozinho, em casa. Esse rock eu queria ouvir com você, na sua cama, chupando seu sovaco. É necessário que se estabeleça uma relação de cumplicidade entre mim e você, a saber: eu quero que você se foda, e de você espero o mesmo. Sinto saudades das aulas de canto da professora que nunca soube o nome. Nunca soube sequer se ela era do segundo, ou do quarto andar. Nunca soube nem se ela era do mesmo prédio, mas as aulas das 10 às 18 horas eram como se fossem pra mim. Oito horas de oito notas de piano concomitantes a oito notas vocais (que eram como se fossem sempre da mesma pessoa, de segunda a sexta-feira), e mal sabia a professora que eu cantava junto enquanto cozinhava, enquanto fumava, enquanto chorava. Sinto saudades das aulas de canto. Ademais, chega uma hora que é tarde demais pra seguir andando pra trás.

XV

Eu tenho pensado. Eu tenho andado e pensado em absoluto silêncio. Sigo percorrendo os melhores e os piores lugares da cidade. Inspiro, expiro. Inspiro, expiro. Fumo até amarelar os dedos dos pés. O mundo é insosso desde que passou a ser temperado com sal rosa do himalaia. E não tem cura, nem eu.

SÃO TEMPOS

DIFÍCEIS

PARA O AMOR,

AMOR

VERDADE É UMA ESTRELA CADENTE

A verdade é que agora chove. São incansáveis tantos dias de chuva acordando as plantas e inundando os bueiros.

A verdade é que são tempos autoincompreendidos, tempos de exagero ou falta, mais ou menos tudo descompensado numa bola planetária que nem sabemos mais se gira como antes girava, ou se ancorou em órbita.

A verdade é que as agendas mais servem para nos culpar pelo que não fizemos do que para nos lembrar do que tínhamos que fazer.

A verdade é que são tempos difíceis para o amor, amor. Porque tá tudo assim descolado do eixo, e nisso mudam as ondas e as energias e as premissas dos signos, e a gente paga por isso também.

A verdade é que não há mais poesia possível: já foi tudo rimado, sentido e esperneado lá fora em qualquer canto.

A verdade é que não sabemos de nada nunca. Construímos boa parte de Paris, de Lisboa, de Barcelona e do Rio de Janeiro antes de sabermos que teríamos carros. Agora, temos muitos carros – e não temos onde guardá-los.

A verdade é que não sabemos até hoje se é verdade que, quando a gente enfia o dedo ou a colher já lambida na comida, ela estraga, ou azeda, igual a mãe ficava dizendo.

A verdade é que somos tipos estranhos de gente... Ficamos tristes e ficamos contentes, e nada nunca está bom, como se fôssemos todos mimados por uma mãe que amamentava com leite achocolatado.

A verdade é que, se bem me lembro da filosofia, não há verdade nem bem nem certo nem nada assim absoluto, mas a verdade é que provavelmente eu não me lembre mesmo de nada da filosofia – passava horas escutando os discos de rock que moravam na saleta ao lado da sala de aula.

A verdade é que não se ganha dinheiro escrevendo, mas, pelo menos, quem escreve não precisa dizer a verdade.

A verdade é que a gente sendo assim, humano e fraco, e às vezes até apaixonado, não temos tanta certeza quanto dita a cartilha avançada de todas as coisas, que nos oferece essas equações tão precisas e sensatas, tal qual o cromossomo Y passa de pai para filho e por isso saiba: você vai ter Alzheimer, ou vai ficar careca.

PASSADO, BURACO E FUTURO

Diz que depressão é excesso de passado. Diz que ansiedade é excesso de futuro. Não importa o que se diz, uma coisa é bastante certa: desalinhar-se do presente é o desastre.

Eu, agora, eu nem sei pra qual direção conjugar o verbo. Desalinhei. Imagina que, na rotação natural das coisas, o sol se enchesse de preguiça e a lua acelerasse em pressa. É bem possível que o dia se tornasse noite e que a noite se tornasse dia, de modo que um misto de ontem e amanhã não deixaria hoje ser hoje. É assim quando se desalinha do presente.

Amanhã as coisas estavam ruins? Talvez ontem eu seja feliz. Sou mais ou menos movido por um fluxo de coisas que me vão acontecendo, mas janeiro sempre faz isso com a vida: suspende a minha. Aí me desequilibro da corda, mas não caio, nem sigo.

Passei muitos, mas muitos dias de janeiro, a ver os dias virarem noites, e as noites virarem dias. Sentado, olhando. Nesse desalinho todo, de alguma maneira eu me perdi. Quase que não consigo dormir, mas, se durmo, quase não consigo acordar. Vi todas as fases da lua. Vi todas as fases do mar. Vi todas as cores do dia. Vi as noites demorarem a passar.

Por mim, eu fazia uma poesia, mas é difícil rimar com agonia. Me grita uma vontade de alguma coisa. Me grita uma saudade de alguma coisa. Passado e futuro e um hiato obscuro entre o local de partir e o local de chegar. Nem sei ao certo o que tinha nesse passado, lembro até que às vezes doía. Nem sei ao certo o que o futuro tinha, lembro até que nem existia.

Aí desalinho do presente e vejo o sol nascer quadrado. Tem gente que vive sossegado... Como é que tem gente que vive sossegado...

EXPOSIÇÃO ABERTA DE MIM MESMO

Confesso que não queria ficar velho, mas, se me fosse ofertada a chance de ser criança ou adolescente de novo, eu também não quereria. Eu não passaria por tudo de novo, não faço questão nem dos bônus nem dos ônus do tudo de novo. Vou bem: minhas contas não são muitas, pago todas elas, e bebo o que quiser na segunda ou na terça-feira à noite.

A verdade é que tô numa idade muito bonita: uma idade em que você acorda na sexta-feira com vontade de comprar uma frigideira nova e grande e funda de teflon. Lembrei do Saiani, que tá feliz porque pode entrar na livraria e comprar cinco ou seis livros e voltar pra casa. São, salvo e adulto com uma sacola de livros novos.

Semana passada, organizei os temperos em potes certos. Todos eles. Tomilho-sálvia-alecrim-louro-manjericão-pimenta-páprica... E faltou pote. A bem da verdade, não foram todos os temperos. Preciso de potes-porta-condimentos. Depois desci, amolei as facas, comprei roupa de cama e descobri que o amaciante Downy voltou pra prateleira do supermercado.

Sabe a felicidade? Ela é um substantivo pequeno que encontramos no topo do Everest depois de dias de escalada e suor e frio. Sabe a tristeza? Ela é o contrário. É aquilo na base do Everest, que deixamos pra trás enquanto subimos e suamos e sentimos frio. Mais ou menos tudo é um ciclo, e você sobe (ou desce) o Everest, fazendo a coisa girar.

Se entro numa sala de cinema e o filme não é bom, eu me levanto e saio. Outro dia, aconteceu com o novo do Godard. Não encaixamos, eu e o filme. Levantei e caminhei na escuridão da sala, sentido rua.

Demanda tempo acertar os ponteiros da vida, e tem o agravante que, enquanto se acertam os ponteiros, o tempo segue passando, e nisso a lógica do percurso fica defasada. A juventude eu tenho visto aqui da minha janela. E ela rebola. Sou um dono de casa e estou muito certo de que não se vive sem papel-toalha.

ANOTAÇÕES DE QUINTA-FEIRA EM BUENOS AIRES ENQUANTO ELA NÃO SAI DO BANHO

1. O Sr. Kohli é uma espécie de arquiteto naturalista cansado do concreto. Ou, pelo menos, essa é a ideia que tenho dele enquanto estou deitado no sofá-futton da área externa da cobertura-apartamento de 60 metros quadrados que aluguei do Sr. Kohli. Ele tem esses 10 ou 12 apartamentos numa vila cheia de apartamentos que vão se empoleirando em harmonia. Essa vila fica em San Telmo. Poucos passos pra qualquer lado e Buenos Aires te engole. Passaria o resto de minha vida aqui escutando Bob Dylan ou escrevendo breves notas sobre a vida, mas, como qualquer coisa que se queira, isso não vai acontecer. Por Deus, minha vida está escorrendo pelos anos em gotas de tempo.

2. Estava num trem e observava os rostos, braços, pernas e bundas enquanto deixava soar o castelhano que vinha de todos os lados. Um casal de 19 ou 20 anos implicava um com o outro. Eram bonitos. A moça tinha cabelos longos, sedosos e marrons, e ele tinha um cabelo cacheado, desgrenhado e preto. Imaginei os filhos.

Era longa a viagem. Resolvi me levantar e me aproximar do casal. Ela falava com ele em tom agudo de soprano, e ele falava com ela em tom de tenor. Parecia uma ópera íntima. Era tão anos quarenta ou qualquer coisa que se lê em livros. Ela portava debaixo do braço uma pasta que parecia algo ligado ao conservatório de música da cidade. Essa cena não saiu mais da minha cabeça. É incrível a vida dentro dos outros corpos.

3. De volta em casa, fito o espelho. Tenho uma boca normal: nenhum traço ou desenho meticulosamente esculpido pela genética. Também não chega a ser uma boca carnuda, nem chega a ser tão vermelha, mas fala, fala muito, e fala sempre na hora errada. Talvez procure o Sr. Kohli e renove esse aluguel por mais alguns dias.

MUITO TEMPO ANTES

Muito tempo antes e eu descobri Buenos Aires. É curioso quando você descobre o lugar onde você deveria ter nascido. Como se instantes antes do seu nascimento sua alma estivesse parada na esquina da Rodriguez Peña com Bartolomé Mitre, rodeando um apartamento mais ou menos pobre e empoeirado onde uma parteira te tiraria de um corpo cansado, mas um vento forte soprou e levou tua alma leve pra qualquer outro lugar – e ali você nasceu, deslocado, falante de língua nenhuma.

Muito tempo antes descobri Buenos Aires e fingi que era minha casa. Percorri as ruas e falei com as pessoas como se fosse a Djalma Ulrich – de onde também não sou, mas onde minha alma fez a última parada antes de ser levada pela última vez. E pra Buenos Aires voltei. Insistentemente. Ano após ano, às vezes mais, fingindo que a vida era maior do que era.

SE MORRESSE HOJE, TERIA MORRIDO DE BARRIGA CHEIA

SEGUIR VIVO ACONTECE

Estava há pouco na Estação da Luz quando disparou um alarme. Sem saber exatamente o que era aquilo, pensei "se por acaso for alarme de incêndio, tomara que passe logo o próximo trem, vai ser a forma mais rápida de se salvar desse fogo, porque subir e sair da Estação da Luz é como escalar o Everest: demorado, cansativo e sem nenhum prêmio no final. O alarme segue disparado e os semblantes de todos ali passam de domingo à noite pra segunda de manhã. Fudeu. Ando até o alarme mais próximo e atesto que de fato era o alarme de incêndio. Preocupo. Agora a notícia já se espalhou: é mesmo o alarme-alerta de incêndio, mas todos seguem ali, num misto de "o que fazemos e por que fazer? Melhor esperar, pensamos todos. Esperar o quê? Vozes começam a sair dos alto falantes, mas nada se entende devido ao altíssimo som dos alarmes por todo lado. Aqui temos um problema, aliás: se o alarme toca, você não ouve o aviso com as devidas providências a se tomar. Dois homens resolvem ser prudentes, mesmo que talvez seja tarde demais. Saem correndo escada acima sentido salvação. Na vida é assim, se alguém toma uma decisão, talvez seja o caso de você tomar essa decisão também, tipo quando você entra numa fila porque a fila é grande. Nós não temos explicação. O alarme para. O saldo é de 2 pessoas que resolveram seguir o aviso, enquanto 80 resolveram ficar. O alarme era literalmente falso, mas e se não fosse? Se não fosse, esse texto teria sido menor porque eu não conseguiria escrever tanto assim em chamas. E se fosse uma bomba, ou qualquer coisa? Não importa, somos os seres mais irresponsáveis que existem, amém. Se morresse hoje, teria morrido de barriga cheia. Comi tenjyu, sashimi de atum, sashimi de salmão, sashimi de robalo, misoshiru, tofu, daikon, guioza, bebi Kirin e além do mais teria morrido feliz por razões que não interessam.

HORA OU OUTRA UM AVIÃO CAI NO MAR

Sou fascinado pelos aviões: o tamanho deles, a aerodinâmica deles, o fato de eles decolarem, o fato de eles voarem, o fato de eles aterrissarem. Sou fascinado, além do mais, com o fato de eles também caírem.

Quando um avião cai no mar, ele vira uma baleia.

BREVE HISTÓRIA DO PASSADO

No dia 9 de outubro de 1985 eu não existia. No dia 9 de outubro de 1985 o John Lennon também não existia, embora tivesse nascido num mesmo 9 de outubro 45 anos antes. No dia 9 de outubro de 1985 faltavam 83 dias para o final daquele ano e no dia seguinte eu talvez viesse ao mundo, mas não se vem ao mundo assim porque Deus quis, é toda uma conjuntura de ventos e gritos e rock. E foi cesárea. Meia hora a mais ou meia hora a menos e talvez eu não fosse eu, embora minha mãe fosse sim ser mãe pela primeira vez. Eu não nasci John Lennon em 9 de outubro de 1940, mas nasci David no dia seguinte, 45 anos depois. No dia 10 de outubro de 1985 calhou de eu ser eu pelo resto de minha existência, mas se não fosse tava tudo bem, talvez eu nem soubesse, talvez fosse até melhor.

BREVE HISTÓRIA DO FUTURO

Quando toda dor finalmente virar memória, os livros da biblioteca do Senhor e da Senhora Jorge terão sido devorados pelas traças. O maior vulcão da Ásia terá entrado em erupção mais uma vez. As placas de gelo estarão ainda mais longe do Ártico. A baleia jovem já terá crescido e viajado ao norte para parir o primeiro filhote. A pequena ilha no meio do Oceano Atlântico terá desaparecido debaixo da água. O carnaval terá sido longo e a quarta-feira de cinzas terá sido eu.

MEU EXÍLIO NA LUA E AS CARTAS PERDIDAS NO ESPAÇO

PRIMEIRA CARTA

Queria te dizer como tudo começou...

Quando acordei estava na beirada da Terra sem a menor ideia do que se passou, se passava ou se passaria. Achei que estivesse sozinho, mas quando me virei pro lado um homem me olhava de perto e me pareceu ser o responsável pela expedição. O homem era uma espécie de cientista ou médico ou sábio e se vestia com trajes normais de cientista ou médico ou sábio: calça e paletó, cabelo engomado e bom hálito.

Tentei falar, mas não saia voz de minha boca. De onde exatamente sai a voz que sai pela boca? Da garganta? Do pulmão? Do coração? Era como se eu falasse, mas eu não emitia som. Meio sonho, meio filme. Tudo é sempre meio sonho, meio filme, quando não entendemos o que é. Me desesperei. Ele me tranquilizou, parece ter lido meus lábios, e respondeu que estava tudo bem, a mala vermelha estava indo também. Você sabe, a mala vermelha foi tudo que me sobrou e mesmo que eu não precise de nada que está dentro dela, tudo que sobrou é tudo que nos apegamos.

Foi então que esse Doutor, chamaremos assim, estendeu a mão e me entregou um caderno verde de folhas grandes e sem pautas, cortadas à mão e, como se lembrasse que folhas não se preenchem sozinhas, me entregou também uma caneta. Me contou a velha historia da caneta esferográfica e que ela foi criada pelos americanos na corrida espacial, sendo a única caneta possível de se usar na falta de gravidade. Dentro de mim a resposta foi imediatamente russa, e muda: grandes merda, poderiam usar um lápis ou carvão.

Aceitei o caderno, você também sabe de minha queda pelos cadernos. Pensei imediatamente que poderia te escrever algumas linhas, te perguntar como vai você e como vão as plantas. Agradeci. Naquele momento era como se o caderno fosse o resto de todos os meus dias.

Em seguida o homem me entregou três frascos diferentes contendo 10 compridos em cada um dos frascos, todos eles etiquetados. As etiquetas diziam *falta de ar, medo e saudade*. Ele me explicou que em caso de falta de ar, medo ou saudade, eu teria os respectivos remédios. Disse que eram milagrosos... disse que não há dor que a medicina não cure... disse que não há saudade que resista ao esquecimento...

Foi aí que parti, catapultado, 350 km por hora, e vi o planeta se afastar cada vez mais até que pousei aqui... na lua... sozinho.

Me faltou ar, ainda me falta;

Me deu medo, ainda me dá;

Senti saudade, muitas, e me lembrei de uma coisa: não perguntei ao Doutor o que fazer em caso de falta de ar, medo e saudade todos ao mesmo tempo...

SEGUNDA CARTA

É difícil explicar a lua. Se por um lado ela é assombrosamente linda, pelo mesmo lado ela é assombrosamente terrível. Se pudesse fazer alguma comparação com as coisas que você já viu aí na Terra, diria que ela se parece com o Deserto do Saara, mas a luz é difusa e fria. A solidão é igual e os dias são infinitos... As noites também.

TERCEIRA CARTA

Não sei quanto tempo se passou desde o dia que cheguei, perdi a conta quando caí no sono depois de dias e noites em claro. Se não estou enganado – e é possível que esteja, já faz mais de uma semana desde que arremessei a primeira carta à Terra. Usei aquela técnica milenar de enrolar a folha feito pergaminho e colocar dentro de uma garrafa. Pode parecer bobo ou infantil de minha parte, mas na lua ou no mar apenas bússolas e garrafas funcionam. Espero que tenha recebido a carta, embora não espere nenhuma resposta sua.

QUARTA CARTA

uuhggvgvuguhijokokjojijiojoijuhtftrdrderdguiyguygyuyguyg

QUINTA CARTA

Me desculpa pela última carta. As coisas não andam bem por aqui e acho que perdi o rumo de minha cabeça. Andei vagando pela lua e me perdi de meu único ponto de referência. Minha voz voltou e como não tenho com quem conversar, eu canto. Não canto bem, mas canto. Faço uma voz grave e finjo ser o Iggy Pop. Na lua ninguém te vê, mas isso não te poupa de passar vergonha. Pensando outro dia, descobri que a vergonha é como uma tempestade concentrada num pequeno pedaço do mar. O mundo inteiro ensolarado e aquele pequeno pedaço de 10 metros quadrados com a sua própria tempestade.

Ah, talvez demore um pouco pra te escrever de novo.

A VERDADE
É QUE GUARDO
EM MIM
TODAS AS
MENTIRAS
DO MUNDO

A MINHA BALADA

Mais ou menos sem rumo e com o domingo vazio como todo domingo há de ser, tomei um ônibus e fui parar na sala do B. Nada que devesse fazer – ou nada que quisesse fazer, e sentei no sofá como se fosse o guardião das causas perdidas. A verdade é que guardo em mim todas as mentiras do mundo, e algumas vontades impossíveis também. O molho de chaves está imenso: mais ou menos 16 chaves de corações e salas que conquistei. Eu penetro. Que poder eu tenho no meu corpo magro. Eu penetro e tem-se em mim toda confiança que Jesus teve em Judas. Todas as chaves do mundo no molho-chocalho pesado e barulhento preso ao bolso e nenhum lugar que possa cair morto.

Quando Dylan chegou a Nova York no inverno de 1961 fazia menos 20 ou menos 30 graus. Ele carregava uma maleta, um violão, duas ou três harmônicas e alguns dólares. Diferente de mim, ele não tinha onde cair vivo. Nenhuma chave, mas um destino. Viveu meses pelos cantos do Village. Achava uma casa e caía. Passava dias, às vezes meses. Caçou um rumo, tocava aqui e ali para bêbados ou trabalhadores cansados. Um dia andava pela rua e sentiu um calor que cortava mais que o frio. Uma luz dissera que muita coisa ainda vinha (e veio...). Quanta coragem dos que se lançavam à sorte. Homens e mulheres, escritores, músicos, bêbados, nada prontos para mudar a história do mundo. É bem verdade que mesmo já destruído, talvez o mundo fosse um lugar menos pior. Ninguém comeria tua cabeça numa noite exposta, e a maior ameaça terrena eram os comunistas. *Oh well*, eu não teria coragem. Pensava em Dylan quando adormeci no sofá cinza, novo e bonito – comprado com dinheiro suado – não por mim, claro, que sou apenas o guardião das causas insuportáveis.

Sonhei que pegava um avião para Londres. Em Heathrow tomava um trem até Brick Lane – East London. Lá me esperava um quarto mofado e pequeno que aluguei mediante pagamento à distância – *invoice*. Numa rua cheia de indianos que me fitavam, eu questionava minha coragem passiva: ter dinheiro compra coragem, *dear*, uma voz me respondia. Ter dinheiro compra coragem. Cheguei, deitei e dormi.

Na terceira manhã ia ao escritório de Mr. Elbon, um agente literário recomendado por Paul meses antes. Ele me dizia que eu valia a pena, que tinha lido com vontade as quinhentas e poucas páginas que enviei. À parte algumas vírgulas, tinha uma brasa queimando em minhas palavras – ele disse. Sinto em mim toda potência do mundo e me digo para dentro "tem uma brasa em minhas palavras, eu sei". Não esboço nenhum orgulho, mas abro um pequeno sorriso. O escritório era pequeno e bem decorado. Na parede uma página emoldurada do original de Nenhuma Coisa Passa, de F. W. Wint. O telefone de Elbon toca, ele atende e eu acordo. Estou no Flamengo, sofá cinza Oppa, ano de 2016 e nenhuma estrada pela frente. Pego o violão e solto algumas notas de “Subterranean Homesick Blues”. Não tenho coragem, mas me lembro que posso comprá-la. Tenho em mim todas as mentiras do mundo, uma brasa apagando e algum dinheiro na conta.

CALOR

São tempos de um sol estranho, mais amarelo e estridente que o sol dos idos de 99 ou 2000, eu nos meus 15's, aventureiro, acreditado, cheio de amor.

Um tio estava prestando serviços numa cidadezinha da Bahia – onde o sol já era fodido pra cacete. Meti o pé com ele, muitas horas de ônibus. Tudo tranquilo: nada acontecia. Meti o pé pra outra cidade vizinha e encontrei um amor. A gente passava as tardes debaixo de uma árvore, chupava picolé, jogava conversa fora e esquecia as mãos um no outro.

Jamais me esquecerei daqueles dias, aquele calor e aquele cheiro de shampoo Monange emanando dos cabelos eternamete molhados de uma portuguesa que eu não me lembro o nome.

Nota do autor: ao ler o texto original, cortei todo seu miolo. 2 parágrafos. E não fez a menor diferença.

TEXTO DE FICÇÃO

Fazia quinta-feira e eu estava sentado na cadeira da sala de cinema. As pessoas-todas-elas comiam pipoca e faziam barulhos, e eu não queria mais ser eu. Fazia quinta-feira em dois mil e pouco, e eu me perdi num caminho imenso chamado entre-o-ser-e-o-querer. Fazia quinta-feira de dois mil e quase vinte, e as pessoas comiam pipoca, e eu finalmente era muitas coisas, embora quisesse ser pouquíssimas delas: na vida, eu conquistei nada além do direito de ir ao cinema uma ou duas vezes por semana, jogar problemas debaixo do tapete, ter uma cama de casal só pra mim, desperdiçar amores e, vez ou outra, rebolar minha pouca bunda no show dos Stones.

A verdade é que, a despeito de segunda ou quinta-feira, sábado ou domingo, eu sou amado por quase todo mundo: você é exagerado/você fala com os braços/você sopra vida com hálito de cigarro/você anda leve por aí. E eu amo de volta.

Tem um trecho de um poema do Lawrence Ferlinghetti que diz: "já tentei o silêncio, o exílio e a astúcia. Voei muito próximo ao sol e minhas asas de cera derreteram". Fazia quinta-feira, e eu não era parte do calendário. Fazia quinta-feira, e eu não era parte do Rio de Janeiro. Fazia quinta-feira, e eu não era parte de mim: não era nem metade.

Na vida, eu conquistei quase nada, a não ser o direito de andar por aí sem muito cuidado, ir ao cinema uma ou duas vezes por semana etc.

DORME

Eu não tenho muita coisa na vida. Estava aqui pensando comigo e, se precisasse me mudar amanhã, caberia tudo em dois carros pequenos, ou numa Caravan modelo 78. Não chega a ser uma escolha não ter muita coisa, mas, à medida que se acostuma, chega a ser bom não ter muita coisa. Que sono, mas também não adianta ir pra cama...

Durante muito tempo, eu não sonhei. Era tudo um grande *black* ou *white*, ou sólido daquele jeito que os cegos veem. Mas eu dormia. Depois eu passei a sonhar, mas era difícil dormir. Me intriga muito que a gente consiga dormir no trem do metrô, na sala de aula, na espera do médico, e que seja tão difícil dormir na nossa cama, sabe? É que no trem, na aula, na espera, você despista a culpa, a fome, a vida. Na cama, você coça a ferida.

Eu não tenho muita coisa na vida, mas estou aqui sentado no sofá bebendo meu Benjamin – que é o melhor pior vinho do mundo –, ouvindo os Beatles. O caminhão de caçambas tirando caçambas lotadas da rua, as olimpíadas indo embora de navio, o caminhão de lixo tirando lixo da rua, o amor de alguém nascendo, o amor de alguém morrendo. Quando se tem 30 anos, a vida é muito mais sobre o que você não foi do que sobre o que você vai ser. Você pode nascer mais de mil vezes que jamais vai nascer um beatle; de repente, pode começar a chover e, nessa altura da rotação do disco, começa a tocar "Sexy Sadie", que sempre agarra na vitrola. O mundo é sempre mundo. Todas as coisas acontecem enquanto a gente está parado, e todas as coisas acontecem enquanto a gente está andando; todas as coisas acontecem enquanto estamos sonhando e todas as coisas acontecem enquanto estamos insones. Preciso me levantar e adiantar esse pedaço da música, porque fica esse *sexy-sexy-sexy-sexy-sexy* e não segue pro *Sadie* nunca.

Nota do autor: Minha vida não cabe mais numa Caravan modelo 78. Ainda bem. E meu paladar não suportaria um Benjamin.

A CIDADE
NÃO É SÓ ISSO
QUE COMEÇA
E TERMINA
NO CHÃO

CONHECER A CIDADE OLHANDO PRA CIMA

A cidade não é isso que acontece no chão da cidade em que você vive. Na verdade, a cidade é toda a extremidade mais alta que se tem nela mesma, a cidade: os topos dos prédios e suas fachadas *art déco* ou góticas ou modernistas, ou sabe-se lá o quê, antenas de todos os formatos e tamanhos do mundo, janelas de ouro, janelas de prata, janelas de bronze, janelas-janelas, pássaros pequenos, pássaros grandes ou outras coisas que voam no céu e, claro, o céu.

A cidade não é só isso que começa e termina no chão, mas você acredita que sim, porque é uma pessoa de anatomia humana que anda com os pés no chão e olha sempre em linha reta. É bem verdade que existe também a hipótese de que você ande olhando em 40 graus sentido chão – e isso não configura a cidade que existe em cima, mas o chão.

Conhecer a cidade olhando para cima te faz conhecer a verdadeira cidade da cidade em que você vive e torna a cidade muito mais interessante. É importante lembrar que há perigos quando se anda olhando para cima. Primeiro, e menos importante: colisões com outras pessoas que dividem o chão com você. Mas isso se resolve facilmente com um pedido de desculpas. Assim, prossiga. Segundo, e mais importante: você pode se deparar com as coisas já mencionadas no primeiro parágrafo (volte, caso não se lembre), porém, aqui, dou alguns detalhes de todas elas: torres meticulosamente esculpidas por homens de séculos passados, super-heróis passeando por entre torres e telhados e frestas, relógios gigantes, sinos de igrejas, bandeiras coloridas estiadas, ramos gigantes de árvores que existem para além de seus troncos ou até pessoas ameaçando se jogar de algum andar alto. Admire tudo. Mas, no caso de pessoas ameaçando se jogar, desvie e chame os bombeiros.

O MENINO QUE NUNCA SE PERDOOU

Certa vez ouvi a história de um menino que comprou um casal de periquitos azuis. Todos os dias ele subia até o terraço, alimentava o casal de periquitos azuis, limpava a gaiola dos periquitos azuis, observava em silêncio a ignorância dos periquitos azuis por alguns minutos e descia de volta pra casa. Até o dia que ele não voltou. O menino sabia que os periquitos azuis dependiam dele, mas não voltou de novo. Talvez estivesse tudo bem, ele pensava. A gente sempre pensa que talvez estivesse tudo bem, né. Quando finalmente voltou, o menino encontrou os periquitos mortos e duros feito pedra.

Essa história me fez pensar que dentro de todo mundo mora um monstro. O importante é saber como calar o monstro. E não vai durar pra sempre, ninguém cala o monstro pra sempre. Ninguém.

XVIII ENCONTRO INTERNACIONAL DAS PERTINÊNCIAS

Nenhuma coisa na minha vida é uma honra, assim como não foi uma honra ser convidado para o décimo oitavo encontro internacional das pertinências.

O encontro aconteceu em Genebra entre os dias 12 e 17 de setembro de 2016, e lá fui eu. Na mesa das questões gerais onde fui assunto, ocorreu, resumidamente, que:

P 1. Para o senhor o que é Deus?

R. Vou contar uma coisa sobre Deus. Ele é enorme. Mesmo. Ainda que o meu Deus seja diferente do seu, eles são ENORMES. Outro dia encontrei Deus no extremo sul do planeta terra. Ele era um mar infinito que se juntava com um céu infinito e aparecia em forma de baleias. Deus é enorme, eu falei. 18 metros, ou 20 metros, tanto faz. Meu Deus são muitos, mesmo porque eram mais ou menos 150 baleias – fora o mar e o céu infinitos já citados. O fato é que Deus não capacita ninguém a governar um país; Deus não ensina química pra aluno que não estuda química; Deus não dá carro pra classe média; Deus não paga dívidas – e também não cobra, importante dizer.

Deus é outra coisa. Nem diria que seja o amor em si, mas uma espécie de veja limpa vidros que limpa um pouco os corações deixando-os mais cristalinos pra que esses mesmos corações se tornem gigantes e se curem a si e ao próximo numa rede enorme de que que eu to falando mesmo...

O Deus que habita certos desumanos não habita em mim, porque eu tenho tentado limpar meu coração já faz um tempo – sem tanto sucesso assim, confesso, mas tranquilo de que nada é pleno.

P 2. Para o senhor o que é escrever?

R. Escrever é uma maratona que se corre sozinho. No papel não fica meu sorriso branco e cristalino, nem meus olhos azuis. É duro. E denso. Olha, eu não sei responder a sua pergunta, mas pagaram a minha passagem até aqui. Escrever é lutar contra Tyler Durden e sair todo roxo. Definitivamente, eu não queria estar aqui. Escrever é a manutenção do que não vale mais nada: a palavra.

P 3. Por quê o senhor escreve?

R.

E assim me despedi do décimo oitavo encontro internacional das pertinências. Talvez não seja convidado de novo. Nem quero. Genebra não é lá essas coisas.

A BELEZA DO IMPOSSÍVEL

Hipoteticamente duas torres imensas no meio de Nova York desmoronando ao mesmo tempo após serem tomadas por 2 boings 747. Hipoteticamente uma base de lançamento espacial explodindo no exato momento em que lançaria seu foguete ao espaço. Hipoteticamente um avião caça começando a pegar fogo a 700km por hora em pleno céu azul. Hipoteticamente uma onda de centenas de metros encontrando a terra furiosa, varrendo os prédios num ato de pura vingança. Hipoteticamente Janis Joplin soltando seu primeiro grito num show em 1964.

Hipoteticamente eu imagino a beleza do impossível.

A CANÇÃO QUE DYLAN ME ESCREVEU

Eu sou o homem magro daquela canção. O mais magro dentre todos os homens magros daquela canção. E hoje completo 33 anos pela primeira vez depois daquela tarde escura que durou 120 tardes escuras onde dormi. Eu não sei contar o que vivi, eu não sei contar em palavras, nem gritos. Mas um dia acordei e descobri que estava vivo. Lembrei das baleias, da aurora boreal e dos cabeludos dos anos 70 pela primeira vez, de novo. *And over again* no dia seguinte. Andei por Laranjeiras, onde eu talvez tivesse nascido a despeito de Buenos Aires ou Copacabana, na perinatal, fossem as coisas do mundo alinhadas. Sou enorme por ser eu. Gigantesco. Veja só, veja só. Sou enorme por não ter escutado as palavras de toda sorte de genética ruim que encontrei em minha primeira, segunda e terceira vida. No fim do mundo de onde vim, longe de tudo, convém sobreviver. Quando escolhi Dylan, Carlos, John, Caetano, George, Mick ou Julio. Certo de estar errado. Orgulhoso. Rumo a lugar nenhum.

Mas que coisa. Fui tão longe que ganhei frente às migalhas de pão que deixei pelo caminho. Deu tudo certo, estive pensando: Se eu me olhasse de fora, sentiria inveja dos meus discos. E dos amigos que tenho. Em meu sexagésimo sexto aniversário, depois de tudo, vivo, me lembrarei que estive ao lado da liberdade, *my friend...* Ele não... O vento está gritando "Ele não, meu amigo, ele não... A resposta ela está sempre vindo com o vento.

ALGUMA COISA ME DIZ QUE FOI TUDO PENSADO ANTES

Sentei numa praia durante dias observando elefantes-marinhos. Eles são feios, desajeitados e sem propósito. Quero dizer, nada faz sentido para eles, nem para o mundo em comportá-los. São pedras que ganharam vida por alguma razão. Se não sentissem fome, nem respirassem, seriam apenas pedras enormes e cheias de lodo.

Eu não sei o que eles pensam, mas o fato é que sabem o que estão fazendo: em princípio nada, é verdade, mas digo de uma forma mais ampla: eles estão descansando para reproduzir, e de novo, e de novo, e de novo, até que morram. Eles descansam e reproduzem, sabem disso, mas eles não questionam o status quo da coisa toda. Todo elefante-marinho macho tem um harém, mais ou menos 50 fêmeas pra si em seu pequeno raio espacial onde ele dorme e reproduz durante meses até rastejar de volta para a água e nadar pra algum outro lugar.

O harém funciona da seguinte maneira: centenas de elefantes-marinhos fêmeas aglomeradas e um elefante-marinho macho no meio. Ele acorda, aborda uma fêmea, entende a recepção e, mediante for, acasalam-se rapidamente. E assim segue o baile. O entorno do harém tem sempre 4 ou 5 machos espreitando a coisa toda e no primeiro sinal de fragilidade do macho alfa, ou sono pesado, ele vem tomar o harém – o que pouquíssimo acontece, porque se o macho reage, o outro recua imediatamente, pois quando brigam, brigam até a morte. Ouve-se gritos. Experimente dormir perto... ouve-se gritos.

Tem coisas que aprendemos estudando e tem coisas que aprendemos observando. Eu nunca li sobre os elefantes-marinhos, mas essa é a vida deles. O que me intriga é que repitam o mesmo comportamento por séculos e séculos para sempre e se entendam entre si: alguma coisa me diz que foi tudo pensado antes.

NÃO HÁ
MATEMÁTICA
QUE DÊ CONTA
DA ALMA

INSTRUÇÕES PARA ENCONTRAR O ABISMO

A partir deste momento, você me segue. Não se deve fazer perguntas, mesmo porque respostas não são suficientes. Eu vou, você vem. A única coisa certa sobre a vida é que sempre se vai e sempre se vem, simples como a mais definitiva das constatações, aquela que diz 2 + 2 = 4.

Não se espante, mas todos os caminhos levam ao fim e o fim, como qualquer coisa, é menos importante que o caminho. Nosso caminho até o abismo constitui-se, primeiro, por uma enorme e interminável reta, embora não exista nenhuma reta eterna. A reta, como também se constatou, é o menor caminho entre dois pontos distintos, mas não há matemática que dê conta da alma.

Mais à frente, pegaremos a esquerda, mas isso a gente faz quando chegar lá, não se apresse, nem se assuste. Não se assuste nunca, eu diria, mas isso não é possível a todos nós. Se olharmos com alguma atenção – tanto quanto ao ônibus que vem quando esperamos no ponto, veremos que, entre mim e você e toda gente do mundo, existe isso em comum: o medo de daqui a pouco, o lugar mais perigoso do tempo.

Faço parte de um grupo de pessoas para as quais... também não existe filosofia que explique a realidade, assim como a biologia jamais será suficiente para explicar os pássaros.

O ponto mais distante do ponto em que se parte não chega a ser o ponto mais longe aonde se pode chegar, mas pode ser suficiente, e já dizia a língua que, "de grão em grão, a galinha enche o papo". Eu não sei você, mas quase não vi o tempo passar. O abismo é esse lugar onde não se projeta o próximo passo. Ou queda. O abismo é um fim de linha, ou um começo de outro carretel.

Toma-se um lado, ou outro, ou segue-se em frente e a gente se despede.

DIÁRIO DO DAVID NO FIM DE TUDO

SEGUNDA-FEIRA

Se me fosse perguntado 60 vezes o que mais amo na vida, 60 vezes eu responderia alguma coisa diferente. Amar deve ser tudo o que cabe no paladar. É verdade que talvez eu repetisse vinho e café, mas por descuido, pois tenho memória curta.

TERÇA-FEIRA

Tem músicas que me lembram cheiros que me lembram coisas e situações da minha vida. Tava escutando o disco do Secos e Molhados e começou a tocar "O vira", no que senti um cheiro de suco de maracujá velho que entorna na merendeira. De repente, estava em 1989; quando, de repente, fui transportado pro centro acadêmico de filosofia da Ufes; quando, de repente, fui transportado pra dentro da sua boca; quando, de repente, voltei pra rede onde estou deitado. Afinal, bem ou mal, quem foi embora da sua boca fui eu naquela noite que era interminável, assim como a gente era interminável até aquela noite.

QUARTA-FEIRA

Meu maior problema na vida é um problema geográfico-existencial: eu não sou dois e não posso ocupar dois lugares ao mesmo tempo, de modo que sempre me falta um pedaço de algum lugar. Não sou nada sem os lugares e dou muito valor à esquina em que me sento no presente; é que naquele momento não existe nenhum outro lugar na Terra senão a Marquês de Abrantes com São Salvador.

QUINTA-FEIRA

Não importa o que aconteça de bom ou ruim, terremoto ou ponte caindo: sempre terá alguém assistindo à novela das oito, jogando bola de lã pro gato, tendo uma discussão íntima num quarto com baixa luz, ou muita luz, se masturbando, bebendo vinho, trepando, olhando o céu, chorando, ouvindo o acústico da banda de rock, ou qualquer outra coisa. Sempre. Sempre. Sempre. Essa é a melhor coisa do mundo: todas as coisas acontecem o tempo inteiro, e você nem sabe enquanto você acontece também.

SEXTA-FEIRA

Às vezes, nem é questão de *fuder*, etcetera, sabe? Às vezes, é só questão de ficar te olhando do topo da minha montanha de cansaço, como se fosses uma estátua perfeita de Michelangelo ou um quadro do Picasso.

SÁBADO

Na falta das cenas que me faziam falta toda vida, eu sempre pensei todas as cenas que quis por minha conta. A última cena que pensei-ou-vi-não-sei foi de uma mulher cacheada caminhando por Copacabana num dia frio segurando sacolas e comendo pipoca com um ventilador imenso e poderoso fazendo voar seus cabelos como se tudo, na verdade, fosse um filme francês.

DOMINGO

Não há nada que sobreviva ao domingo.

CURVATURA DO CORPO

Dormi há pouco aquele sono perdido e sonhei que minha avó morria em meus braços pela segunda vez. Ela falava coisas seguras e bonitas e em seguida morria, como se soubesse a hora que se morre. Eu achava isso encantador. Deve ser linda a morte quando se morre porque acabou, como um cronômetro que deu o tempo, uma lua quando num segundo deixa de ser cheia e desaparece. Se um dia eu morrer de tiro, atropelado ou de qualquer outro supetão, terei morrido triste. Após a última palavra, ela contraía-se inteira nos meus braços e eu anunciava aos outros enquanto fechava seus olhos: ela morreu.

Acordei. Minha avó segue morta, mas só morreu uma vez, e também não foi em meus braços.

ÁLBUM DE FOTOS

Precisava dar uma caminhada em Buenos Aires. Aquele frio na sombra, aquele sol aberto em seguida. Parar em qualquer lugar entre Valência e Barcelona. Um vinho mais adiante no sul da Itália. Cruzar a Liberdade via Galvão Bueno cheia no domingo. Aportar em Copacabana num copo de chope ralo na praia. Estar por aí, mas estar em si. Escutar os timbres. As línguas todas ao mesmo tempo são uma sinfonia em mim.

A NARRATIVA
É UM
CAMINHO
INTERMINÁVEL

EPÍLOGO

É que a verdade nunca bastou, me respondi anos depois. O que eu não esperava era criar peças de um quebra-cabeças gigante e impossível de ser montado. A narrativa é um caminho interminável, e nesse caminho eu carreguei uma mala enorme, pesada, e me cansei. Não acredito em tudo que vi, passei por lugares que não existem e fiz coisas que não se faz. Por isso contei.

Não faria nada de novo.

NOCAUTES NO PRIMEIRO ROUND é um livro de crônicas. Mas é um livro de poesia. E é um livro de reflexões. E flexões. De braço e perna. De cérebro e coração. É um livro de filosofia, do dia que abandonei a faculdade de filosofia e também todos os métodos. É um livro de verdades cheio de mentiras. É um livro de dentro de mim, mas de tudo que esteve fora. É um livro da fome e da abundância. Um livro da contradição. E repetição.

E eu sou David Benincá, nascido em 1985, constituído de várias vontades e falhas.

Esta obra foi produzida pela mapa lab no inverno de 2019.
O miolo foi impresso em papel offset 150g/m²
usando as fontes Novecento Sans Wide e Adobe Caslon.